AF609935

OPUSCULE

POÉTIQUE,

Par Ferdinand-Victor.

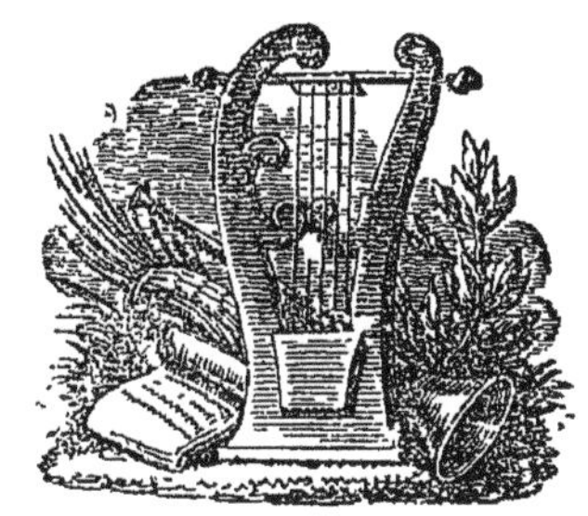

Angers,

IMPRIMERIE DE LAUNAY-GAGNOT.

1838.

JE VAIS LA VOIR !

Grands Dieux ! combien elle est jolie !
Celle que j'aimerai toujours.

BÉRANGER.

O douce illusion, où se berce mon âme !
Tu ne t'es point joué de ma brûlante flamme ;
Tu ne m'as point menti dans tes prédictions,
Lorsque tu m'envoyais tes douces visions.
Je vais la voir encor cette belle chérie,
Qui mêle son eau pure aux ondes de ma vie.
Les battements pressés qui soulèvent mon cœur,
M'ont annoncé de loin les sources du bonheur.

Je vais la voir, oh ! oui; sa voix mélodieuse
A cessé d'énivrer mon âme soucieuse,
Mais je n'oubliai point cette touchante voix,
Dont l'accent gracieux me ravit tant de fois.
Tout me rappelle ici cette voix douce et tendre,
Ces suaves chansons qu'elle faisait entendre;
L'aubepine qui tremble et la feuille qui fuit,
Tout cela pour mon cœur est un céleste bruit.
Chaque son que le vent sous mes pas fait bruïre,
Soulève dans mon âme un suave délire ;
Son image toujours présente en mon penser,
Dans les illusions se plait à me bercer.
La brise qui se vient déployer sur ma bouche,
Peut-être à son réveil ondula sur sa couche;
Elle toucha les cils qui bordaient ses beaux yeux,
Sentit en se jouant ses mèches de cheveux,
Qui recouvraient épars son cou de jeune fille
Comme une moisson d'or que tranche la faucille;
Elle mêla son souffle aux lames du zéphyr
Que faisait en naissant un gracieux soupir,
Et sut en l'effleurant avec sa molle haleine,
Epier les secrets de son âme sereine.
Je vais la voir, oh ! oui, délicieux espoir !
Je vais la contempler ! devant elle m'asseoir !
Comme son œil est beau ! sa prunelle divine !
Quand sa tête se penche et mollement s'incline !
Lorsque sa voix profère un doux mot d'adieux,
Quelle molle langueur étincelle en ses yeux !
Quels charmes inconnus sur son front se répandent ;
Comme ses blonds cheveux gracieusement pendent
Sur ce col arrondi, siège de la beauté,
Symbole d'innocence et de virginité !
Que la douce pudeur a de charmes près d'elle !

Ah ! comme elle est jolie, et séduisante et belle,
Quand à son front d'albâtre une vive rougeur,
Dévoile les secrets mouvements de son cœur.
Un souris sur sa bouche, une simple parole,
Une mèche qui tombe, un cheveu qui s'envole,
Bagatelles d'amour, riens si délicieux
Que vous avez d'empire et de grâce à mes yeux !
C'est un bien sans égal, un suprême délice
Où l'on croit du bonheur épuiser le calice ;
Un secret enchanté, précieux talisman,
Où l'amante séduit l'âme de son amant !

(*Rennes*, *mai* 1836.)

A UNE FEMME.

Enfant ! si j'étais roi, je donnerais l'empire,
. . . .
Pour un regard de vous.

V. Hugo.

Le matin qui s'éveille aux rayons de l'aurore,
Aux suaves parfums que la nuit fait éclore,
Sous l'aile du Zéphyr au lever du printemps ;
Le déclin d'un beau jour au souffle de l'automne,
Sous les hauts peupliers la brise qui frissonne
En accords si touchants ;

La mobile clarté de la lune qui brille,
Sur les flots azurés l'étoile qui vacille,
Et perce de ses feux la diaphane nuit ;
La vague qui s'écoule en sa source plaintive,
Mon âme qui s'émeut mollement attentive
A son céleste bruit ;

L'écho de nos vallons, la riante prairie,
Le timide ruisseau, la tige refleurie,
Le frais gazouillement de ses Ellevious ;
Le doux épanchement de l'âme qui sommeille
Aux préludes touchants de l'oiseau qui s'éveille ;
J'abandonnerais tout pour un regard de vous.

Si j'eus du monde entier le glorieux empire,
Des trônes, des palais, des vases de porphyre,
Des valets épiant le gré de mes désirs ;
Tout ce qu'embrasserait une folle pensée,
Dans les rêves d'Eden vivement élancée
Sur l'aile des plaisirs ;

Tout ce qui jaillirait de suaves délices,
A la cîme des cieux, ineffables calices,
Et l'enfer à mes pieds mugissant de courroux ;
Bonheur, amis, parents, richesses infinies,
Et souffle tout-puissant qui féconde nos vies :
Je sacrifierais tout pour un baiser de vous.

(*Rennes. février* 1837.)

I

Onze heures du soir.

Rêver, c'est le bonheur ; attendre c'est la vie.
V. Hugo.

L'âme en songes de gloire ou d'amour se consume.
idem.

Le vent sur mes vitraux fait siffler sa colère ;
Une pâle lueur ondule en mon foyer.
Ma chandelle s'éteint : sa tremblante lumière
N'éclaire qu'avec peine un mot sur le papier.
Rêvons !.... A quoi rêver ?... ma flottante pensée
Ne sait à quelle objet elle doit s'attacher ;
Comme la blonde feuille à la brise bercée,
Errant sur l'aquilon qui la vient détacher.

La nuit, l'épaisse nuit a déplié son aile ;
On ne voit qu'un linceul dans l'espace tendu.
Vainement l'œil voudrait trouver une étincelle
Sous cet épais rideau largement étendu.

Un bruit, l'unique bruit qui frappe mon oreille..
Est le haut sifflement des arbres balancés.
J'écoute ; je m'endors, et cependant je veille :
Aux musiques des vents tous mes sens sont bercés.

Douce position de l'âme dans la vie,
Où l'on se laisse aller à la vague des vents ;
Où l'âme vacillante en sa mélancolie,
Puise les doux parfums de songes énivrants !
Où l'on se voit bercé dans un ciel sans nuages,
Sous les doigts effilés d'une vierge des cieux ;
Où l'on voit s'écouler de suaves images
Sous le souffle embaumé d'un ange radieux.

Oh ! les songes d'amour ! ... aimables rêveries ! ...
Baume délicieux ! molles impressions,
Où l'ombre du bonheur en nos âmes ravies,
Coule les flots dorés de ses illusions !
Où l'âme déployant ses diaphanes ailes,
Dans un éther serein, pure essence des airs,
S'élance d'ici-bas aux voûtes immortelles,
Aux accords enchantés de magiques concerts !

Vole, oh ! vole mon âme à cette douce ivresse !..
Que la brise des cœurs te berce mollement,
Sur ce divin esquif, nacelle enchanteresse
Où chaque vague apporte un doux frémissement.
Vole et cueille partout ces roses du jeune âge ;
Assez vite viendra le volume des ans,
Où tu verras tomber ce mobile feuillage,
Eblouissant bandeau de tes joyeux printemps.

(8 *décembre* 1836. *Candé.*)

LA REINE DU BAL.

Son visage avait la douceur
Des premiers rayons de l'aurore.

OSSIAN. Trad.

Le signal est donné ; de blanches jeunes filles,
Comme un flot ondoyant de gracieux quadrilles,
Ondulant sous le dôme où jaillissent les feux
En jets étincelants de flocons lumineux ;
Vont dévoiler aux yeux de l'amant qui les guette
Leurs fronts épanouis, suave silhouette,
Dont l'aimable coupole et le riant dessin
Se déroule au milieu de ce brillant essaim.

La danse rebondit et ce flot qui se glisse,
Comme l'onde au matin quand la vague déplisse,
Sur sa couche d'azur les humides feuillets
Où viennent onduler en fluides reflets,
Les cieux à l'horizon secouant leur poussière,
Qui rejaillit soudain en vibrante lumière;
Vole, roule, et s'écoule en longs sillons mouvants
Parmi l'éclat flottant de mille diamants.

Elle apparait, c'est elle !... en blanche souveraine!...
Son œil a mesuré cette mouvante plaine,
Et parcouru d'un trait ces longs flots vacillants;
Reine, elle n'a point vu dans l'azur de cette onde
Une rivale encor fut-elle brune ou blonde,
Qui pût faire pâlir ses yeux étincelants.

Elle avance, voyez; Dieu! combien elle est belle!
Comme un Sylphe léger se dévoilent ses yeux;
Plus vive que l'éclair s'échappe l'étincelle
Qui rejaillit le soir de sa noire prunelle,
Quand l'ombre monte sous les cieux.

Sa tête mollement sur sa taille divine,
Comme une pâle fleur que le Zéphyr incline
Sous sa brise embaumée au déclin d'un beau jour,
Se penche; et sur ce col que l'éclat divinise,
Comme un frisson sur l'eau une rougeur se glisse:
Divins secrets d'amour!

La mobile clarté du rayon qui se joue
En reflets argentés sur sa timide joue,
Symbole éblouissant de la virginité;
Semble un trait du soleil égaré dans les nues,
Qui glisse son rayon sur les épaules nues
De la divinité.

II

Elle vole, voyez ; que de grâce légère !
Sa blanche robe ondule aux flots de la lumière,
Et son pied comme une ombre a touché le tapis ;
On dirait sur les flots de ce mouvant quadrille,
L'idéale candeur, ou la belle Camille, *
Effleurant les épis.

Le jour n'est pas plus pur, la vague est moins limpide,
Et la lampe des nuits à son réveil timide
Est moins belle roulant sa couche de satin ;
Que cette âme céleste où le soleil reflète
Un des rayons divins de sa brillante tête
Plongeant dans son lit de Carmin.

C'est un bouton d'avril entrouvrant son calice
Sous les premiers rayons de l'aube qui se glisse
Eveiller le matin sous son aile endormi ;
Lorsqu'au frais horizon la vacillante Aurore
Se dévoile, parait et se recouvre encore
Sommeillant à demi.

Belle, on ne vit jamais aucune fleur plus belle,
Un lys éblouissant, une rose nouvelle,
Décorer son lever de plus fraiches couleurs ;
C'est une reine fleur étalant ses corolles
Au milieu de l'essaim, brillantes auréoles,
De ces vivantes fleurs.

Elle parle, écoutez ; quelle douce parole !
Sa frêle voix se mêle au bruit de l'air qui vole
Sous le babil joyeux de sémillants transports ;

* Camille était si légère, dit le poète anglais Pope, qu'elle marchait sur les épis sans les courber.

Ses lèvres d'où s'échappe un gracieux sourire,
Laissent tomber les sons que son âme soupire,
En suaves accords.

Le souffle qui s'enfuit ondulant de sa bouche,
Pur comme l'aquilon que son haleine touche,
Embaume de parfums les objets qu'elle suit.
Telle on voit du matin l'écharpe échevelée
Répandre les parfums que l'humide feuillée
Reçut durant la nuit.

Elle pose, voyez; quelle tête divine!
Une lueur céleste en couronne illumine
Ce front majestueux que rêva Raphaël;
Son regard est celui que possèdent les Anges,
Et toute sa figure a des lignes étranges
Qui révèlent le ciel.

Elle s'assied; ses yeux abaissent leur paupière
Et son regard craintif se penchant vers la terre,
Dévoile à son insçu des songes de bonheur;
Elle sourit; son bras mollement se repose,
Et ses doigts effilés effeuillent une rose,
Image de son cœur.

Son front s'épanouit, ses beaux yeux se relèvent,
Et le faible tissu, la gaze que soulèvent
Les battements subits de son sein oppressé;
Sont comme le matin les lames argentées
Immobiles, et soudain vivement agitées;
L'aquilon a passé.

C'est que tout ici bas, tout renferme un mystère
Les astres sous le ciel, les plantes sur la terre,
Et le cœur de la femme invisible chaos ;
C'est que tout a ses lois, et que la jeune fille
De l'oiseau gazouillant le soir sous la charmille
A compris les échos.

C'est que la jeune enfant en déployant son aile
Au sortir de son nid dans une ère nouvelle,
A fait comme l'oiseau que vit naître le jour ;
Elle se tut d'abord ; et son âme éveillée,
Sentit à son printemps sous sa douce feuillée
Se moduler un chant d'amour.

. . . .
. . . .
. . . .

Et le bal recommence, et le flot qui s'écoule
En mouvants tourbillons au milieu de la foule,
Vole, roule, se perd dans les mille rayons
Que tracent en roulant ses mobiles sillons.
L'éclat de la beauté se mêle à l'étincelle
Qui jaillit de la lampe où la flamme ruisselle ;
Et ces flots ondoyants de lumière et d'azurs,
Réfléchissent partout en rayons les plus purs.
La foule diminue et la vague qui passe
Ne laisse bientôt plus qu'une légère trace
De longs écoulements qui baignèrent son bord ;
La lampe dans son urne agonise et s'endord.
Tout part, elle s'enfuit ; elle !.. Dieu qu'elle est belle !
Heureux qui pourra seul à l'ombre de son aile
Savourer en secret la coupe des humains,
Et sentir à son bras pendre ses douces mains !

Un soupir a trahi sa vague certitude ,
Et dans l'épanchement de son inquiétude ,
Elle tourne de loin un regard indiscret
Vers l'objet adoré qui connait son secret;
Sa prunelle se berce aux flots de son ivresse
Et sous les battements que son âme caresse ,
Elle est belle d'éclat et de sérénité ;
Et sur la foule qui se presse
Sa pâle ombre se dresse,
Comme aux autels des Dieux l'antique déité
Déesse de la beauté.

(*Angers, Janvier* 1838.)

LE MYOSOTIS,

OU

PLUS JE TE VOIS, PLUS JE T'AIME.

Chaque fleur que le vent enlève
Nous dit : Hâtez-vous d'en jouir.

LAMARTINE.

O fleur simple et naïve,
Tendre Myosotis !
Toi naguère si vive,
Quoi ! déjà tu pâlis !
O ! toi que mon cœur aime,
Emblème de l'amour,
Tu n'as pas vécu même
L'espace d'un seul jour !

L'ondoyante prairie
Aux flottantes couleurs,
Berçait la broderie
De ses vivantes fleurs ;
La vague vacillante
Que traçait l'aquilon,
Te voilait tremblotante
Sous un mouvant sillon.

Tu fuyais sous la lame
Ondulante des fleurs,
Et vainement mon âme
Aspirait tes odeurs ;
Comme la violette,
Au front craintif et pur,
Tu cachais sous l'herbette
Tes nuances d'azur.

Ah ! tu ne savais pas que ta beauté suprême,
Coulerait dans mon cœur un délire enchanté !
Non tu ne savais pas que la beauté que j'aime
Fait briller en ses yeux un jet de ta beauté !

Que de ses grands yeux bleux où se berce le ciel,
Il est dans une larme un délice suprême ;
Que son chant est plus doux que la douceur du miel,
Et que cet ange est là, l'ange que mon cœur aime !

Et moi je l'ai ravie
Cette reine des champs,

Rose de la prairie
Au réveil du printemps.
Sur l'aile du Zéphyre
Son parfum balancé,
Jette un dernier sourire
A son règne passé.

Mais sa beauté timide
A coulé de ma main,
Comme une perle humide
Aux rayons du matin ;
Quand le soleil ondule
En prismes ondoyants,
Sur le riant globule
Où se mirent les vents.

Elle n'est plus ; sa vie,
Brillant reflet des cieux,
Vivement s'est enfuie
Sous mon souffle envieux ;
Elle vit une aurore,
Elle vécut un jour,
Elle venait d'éclore,
Elle a fui sans retour.

(*Mai* 1836. *La Prévalaye.*)

A UNE FEMME.

Oh! de ton doux sourire embellis-moi la vie!
Le plus grand des bonheurs est encor dans l'amour.

V. Hugo.

Bel ange que le ciel a jeté sur mes pas,
Pour énivrer mes jours de ses divins appas!
Oui, c'est vous que je vois aux heures où je sommeille,
Le matin quand le jour à ses rayons m'éveille,
Le soir quand la fatigue appesantit mes yeux;
Vous qui venez la nuit embellir tous mes songes,
Et berçant mon esprit en de riants mensonges,
Me faites savourer les délices des cieux.
Vous que je vois toujours, ô blanche jeune fille,
Comme un rayon divin de l'étoile qui brille

Sous le bleu firmament de mes célestes jours ;
Vous qui m'avez versé dans le flot de ma vie,
Cette onde qu'ici bas jamais l'âme n'oublie,
Cette onde qui s'écoule au doux lit des amours.

Laissez-la s'écouler ; laissez l'onde à sa course,
La vague murmurer aux lieux où nait sa source,
Et le flot bouillonner dans l'abîme des mers ;
Laissez l'herbe grandir au sein de la prairie,
L'abeille se jouer sur la rose fleurie,
Et la feuille tomber aux souffles des hivers.

Laissez l'illusion à l'âme qui vous aime ;
Qu'elle épuise à longs traits ce délice suprême
Que nous verse le ciel au saint nom de l'amour ;
Que j'en puisse presser le calice à ma bouche,
Et que son flot divin répandu sur ma couche
Ne soit pas à jamais un rêve sans beau jour.

Un rêve ! .. Est-ce donc vrai ? Ce ne serait qu'un songe !
Dans les illusions où mon âme se plonge,
Je n'aurais pu trouver que la fatalité !
L'amour aux ailes d'or aurait brûlé mon âme
Et je ne sentirais pour éteindre sa flamme,
Qu'une froide réalité !

Oh ! non ; ne souffrez pas que mon cœur se consume.
Peut-être au même feu que votre âme s'allume
Dans le bouillant foyer des nobles passions ;
Peut-être que nos cœurs à la première vue,
Ressentirent tous deux cette force inconnue
Des inspirations.

Je vous vis ; ô mon Dieu ! que je vous trouvai belle !
Ce fut comme un éclair, une vive étincelle,
Dont je sentis soudain le rayon enflammé ;
Mon cœur novice hélas ! ne savait pas encore
Ce crépuscule saint d'une nouvelle aurore ;
Je n'avais point aimé.

Non je ne savais pas ce qu'on goûte d'ivresse
A voir passer le soir une ombre qui se presse,
A l'angle d'un vieux mur une amante qui fuit ;
A la suivre de loin sur sa mobile trace,
A frémir en touchant une robe qui passe
Dans l'ombre de la nuit.

A baiser une fleur que nos doigts ont ravie,
A sentir en son cœur une nouvelle vie
S'écouler à longs flots dans un lit embaumé ;
A lire dans les yeux d'un suave délire,
Toute la passion qu'une amante respire :
Non, je ne savais pas ; je n'avais point aimé.

Je le sais maintenant ! vous êtes si jolie !
Votre regard si doux, votre grâce s'allie
Si bien sur votre front à la simplicité ;
Lorsque vos blonds cheveux où la brise se joue,
Descendent en anneaux le long de votre joue,
Qu'ombrage un doux reflet de la pâle beauté.

Que l'on aime à sentir une âme qui palpite !
A voir sur un beau front une rougeur subite,
Dévoiler à nos yeux les mystères du cœur !
A lui glisser un mot, une seule parole,
A baiser en passant la robe qui s'envole,
Décelant les attraits que voile la pudeur !

Oh ! laissez-moi jouir, ô gracieuse idole !
De ce charme puissant ravissante auréole
Qui couronne l'éclat qui fuit de vos beaux yeux ;
Laissez-moi, m'énivrant de mon bonheur suprême,
Répéter à vos pieds ce mot brûlant : *je t'aime*,
Et je vole avec vous sur la cime des cieux !

(*Angers. Février* 1838.)

IL FAUT AIMER.

Aimons donc, aimons donc ! de l'heure fugitive
Hâtons-nous, jouissons !

(LAMARTINE.)

Il faut aimer, oh ! oui !... c'est dans nos destinées !
Il faut que dans le cours de nos jeunes années,
Se glissent les rayons de ce divin soleil ;
Il faut que dans nos cœurs la passion se presse,
Que l'âme en son printemps se réveille et se laisse
Aller à ce touchant réveil.

Il le faut ; c'est la loi que dicte la nature.
Il faut que l'eau s'écoule et que son frais murmure
Fuie écho de l'écho jusqu'aux rives des mers ;
Il faut que dans les champs tous les arbres fleurissent;
Que le bouton succède aux fleurs qui dépérissent
Sous les feuillages verts.

Il le faut ; ici bas, chaque chose a sa pente,
Le vent gémit dans l'air et le ruisseau serpente
Au milieu des vallons où se plait le zéphyr ;
Et nous, faibles mortels, au banquet de la vie,
Nous n'avons de bonheur que l'ivresse infinie
D'un gracieux soupir.

Il faut l'onde à la mer, au printemps la feuillée
Des larmes du matin encor toute mouillée ;
Un crépuscule clair à l'aube d'un beau jour ;
Des plumes à l'oiseau qui grandit et s'envole,
Au front de la pudeur une fraiche auréole ;
Au cœur il faut l'amour.

(*Angers. Mai* 1838.)

Iéna.

Déjà dans sa pensée immense et clairvoyante,
L'Europe ne fait plus qu'une France géante.

V. HUGO.

La trompette a jeté le signal des alarmes :
Aux armes! et l'écho répète au loin : aux armes!

LAMARTINE.

Comme le bruit du flot qui bondit sur la plage
Et frappe en mugissant les échos du rivage,
Comme le bruit lointain qui gronde au fond des mers,
Un long bourdonnement s'élève dans les airs.
Le camp s'est éveillé; dans sa fougue guerrière,
Il invoque en chantant l'éclatante lumière,
Que l'astre étincelant des plaines d'Austerlitz
Vient encore montrer à ses yeux éblouis.

La pâle mort n'a point de ses serres cruelles,
Empreint le front sanglant de victimes nouvelles ;
Mais ses ongles rougis déjà dans maints combats
S'étendent sur les camps au bout de ses longs bras.
Au bruissement d'une arme elle bondit de joie,
Et comme le chacal acharné sur la proie
Que sa griffe déchire au milieu des tombeaux,
Elle hume des yeux le sang de nos héros.

L'air vient de tressaillir ; la terre est ébranlée ;
Voici les premiers sons de l'horrible mêlée.
La fougueuse cavale au front chargé de crin,
A broyé dans ses dents et le mors et le frein ;
Et les bronzes fumants qui de loin se répondent,
Lancent un feu roulant de tonnerres qui grondent,
Et la foudre partout qui jaillit en éclats,
Disperse en rugissant des milliers de trépas.

Mais quel est donc là bas, ce dieu de la bataille,
Qui se tient comme un roc au sein de la mitraille ?
La balle rebondit sur son poitrail de fer,
Et comme le rocher où se brise la mer,
Il parait avoir dit aux foudres de la terre :
Moi, je vous briserai, comme l'on brise un verre.
Qu'est-il donc? est-ce un Dieu? n'est-ce point un démon ?
Non. — mais c'est un héros! le grand Napoléon.

Son front, large miroir où brille la pensée,
Reflète la victoire aux soldats annocée ;
Mais son âme plongée en des gouffres sans fonds,
Repasse sourdement des songes plus profonds.
Dans sa tête fournaise où flambe son génie,

Roule des potentats la sanglante agonie,
Et ses regards perdus jusqu'au-delà des mers,
Rêvent voir à ses pieds les clefs de l'univers.

L'aigle aux serres d'airain, aux brûlantes prunelles,
Frappe ses flancs rougis de ses sanglantes ailes;
Il nage dans les flots de tourbillons poudreux,
Que sème dans les airs un océan de feux.
Le héros l'a senti qui coulait dans son âme,
L'étincelle de feu, la bouillonnante flamme,
Que son bec déroba sur la cime des airs,
Au milieu des sillons que traçaient les éclairs.

Le glaive des combats sur son front qui ruisselle,
Ne fait plus éclater une seule étincelle;
Comme un miroir terni par des souffles impurs,
Ne frappe plus les yeux que d'images obscurs,
Son visage trempé des sueurs de la bataille,
Ne réfléchit dans l'air qu'un sang de funéraille;
Et les canons lassés qui cessent de tonner,
Ecoutent l'heureux chant que l'on vient d'entonner.

Le léopard s'enfuit au fond de sa tanière;
Le lion triomphant fait jaillir sa crinière.
Le sang qui coule à flots comme un vaste océan,
Annonce que les coups sont les coups d'un géant;
Le bras de Jupiter en son bras se déploie,
La foudre dans ses mains en bondissant aboie;
Et son âme fondue à son bouillant foyer,
Est l'âme d'un lion à la trempe d'acier.

Les plus puissants états, les plus vastes royaumes,
Pâlissent sous ses yeux comme de vains fantômes.
Il balotte à son gré les rois et les sujets,
Comme fait un enfant des plus faibles jouets;
Comme le voile usé que le souffle déchire,
Son souffle briserait le plus solide empire;
Et rois et potentats, fragiles souverains,
Viennent tous se broyer contre ses flancs d'airains.

Une étoile de plus jaillira de ton ombre,
O sublime héros! lorsque le voile sombre
Aura celé ton front de ses plis éternels,
Tes éclairs brilleront du feu des immortels;
Les plaines *d'Iéna*, dans notre belle histoire
Graveront de leur sceau tes couronnes de gloire,
Et diront à nos fils: qu'un jour *Napoléon*,
Vint dans leur sein fumant imprimer son grand *nom*.

(*Rennes. décembre* 1835.)

TABLE.

www.ingramcontent.com/pod-product-compliance
Ingram Content Group UK Ltd.
Pitfield, Milton Keynes, MK11 3LW, UK
UKHW020405250726
13967UKWH00006B/2485